Moritz Fink
Stefan Stiletto

Squid Game

Inhaltsverzeichnis

Squid Game – »Das ist nur ein Spiel!«

Für sich genommen wirkt dieser Satz erst einmal tröstlich: »Das ist nur ein Spiel!« Ein Spaß also. Ein vergnüglicher Zeitvertreib ohne ernsthafte Konsequenzen.

In der südkoreanischen Serie *Squid Game* fällt er jedoch, nachdem von 456 Teilnehmenden nur 201 ein brutales »Spiel« überlebt haben – und erweist sich damit als purer Zynismus. Denn was von dem pink gekleideten maskierten Wächter da lapidar als Spiel bezeichnet wird, ist in Wirklichkeit ein Wettkampf, bei dem es für die Teilnehmenden um alles geht. Entweder du gewinnst oder du stirbst. Aussteigen ist nicht möglich.

456 Menschen treten in mehreren Spielen auf einer unbewohnten Insel gegeneinander an. Für die hoch verschuldeten Spielenden geht es um eine Gewinnsumme von 45,6 Milliarden Won – etwa 29 Millionen Euro; für die reichen zahlenden Zuschauer innerhalb der Serienwelt ist es ein perverses Vergnügen. Die enorm erfolgreiche Netflix-Serie setzt auf Kontraste und Irritationen, wirft aber zugleich auf ihre eigene, zugleich brachiale wie fesselnd-unterhaltende Art auch Fragen über Moral, Solidarität und Werte in einer kapitalistischen Gesellschaft auf.

IMAGO / Everett Collection / 0368839412

Ein Wachtrupp mit den ikonischen pinken Overalls.

Worum geht es in Squid Game?

Basierend auf der Idee des Regisseurs und Drehbuchautors Hwang Dong-hyuk erzählt *Squid Game* die Geschichte des spielsüchtigen und hochverschuldeten Seong Gi-hun. In seiner finanziell ausweglosen Situation trifft er in der U-Bahn auf einen adretten Fremden, der ihn in ein Kinderspiel verwickelt. Gewinnt Gi-hun eine Runde, bekommt er einen Geldschein – verliert er, bekommt er eine Ohrfeige.

Nach Beendigung einer demütigenden Challenge hinterlässt der Fremde eine Einladungskarte zur Teilnahme an einem mysteriösen Spiel namens »Squid Game« (»Tintenfischspiel«). In seiner Verzweiflung meldet sich Gi-hun schließlich an. Er wird an einem vereinbarten Treffpunkt von einem Minibus

IMAGO / ZUMA Press Wire / 0137573482

Lee Jung-Jae in seiner Rolle als Seong Gi-hun / Spieler 456 in *Squid Game*.

abgeholt, mit Lachgas betäubt und findet sich in einem grünen Trainingsanzug mit der Nummer 456 – der letzten Teilnahmenummer – zusammen mit einer Vielzahl von Leuten in einem großen, fensterlosen Raum wieder.

Damit wird er Teil einer Gruppe von namenlosen Menschen, die sich allesamt als hochverschuldet herausstellen. Von ihrer wirtschaftlichen Not und der Hoffnung getrieben, den hochdotierten Jackpot zu gewinnen, akzeptieren sie die zunehmend skurril erscheinende Situation.

Die Teilnehmerinnen und Teilnehmer bekommen eine kurze Einweisung durch einen bewaffneten Trupp, bekleidet mit pinken Overalls und schwarzen Masken, die die Gesichter verdecken. Das Outfit wirkt bizarr und strahlt eine Aura von Macht und anonymer Gewalt aus – und damit ein unbehagliches Gefühl der Tortur, die den Spielenden bevorsteht.

Im ersten Spiel namens »Rotes Licht, grünes Licht« findet sich die Gruppe um Gi-hun vor einem hell beleuchteten, groß angelegten Spielfeld wieder. Im Stil des Kinderspiels »Ochs am Berg« besteht das Ziel des Spiels darin, das Feld zu überqueren – jedoch dürfen die Spielenden sich nur dann bewegen, wenn aus einer riesigen Spielzeugpuppe eine Melodie ertönt; endet die Musik, dreht sich die Figur und die Spielenden müssen in ihrer Bewegung innehalten. Die meisten erinnern sich an das Spiel aus ihrer Kindheit, um nach kurzer Zeit festzustellen, dass es bei den einzelnen Spielrunden um Leben und Tod geht. Wer sich in den Musikpausen noch bewegt, wird automatisiert von der Puppe erschossen. So schlicht, so banal, so krass. Dass der unheimliche Liedtext übersetzt »Der Hibiskus blüht« bedeutet und damit auf die Nationalblume Südkoreas anspielt, die wiederum für Unsterblichkeit steht, verstärkt den Zynismus der Situation noch.

Die Logik der Serie

Auf »Rotes Licht, grünes Licht« folgen im Laufe der Serie weitere Wettkämpfe, die auf den ersten Blick an harmlose klassische Kinderspiele wie Tauziehen oder Murmelwerfen erinnern – bis ihr makabrer, tödlicher Charakter offengelegt wird. Sehr bitter brechen die Spiele mit den vorherrschenden Assoziationen von »Kinderspiel« oder »Spielplatz«; es geht hier nicht um Spaß am Spiel oder darum, sich im Spiel mit den anderen zu messen, sondern sich in einem Kampf um Leben und Tod zu behaupten. Aus der mit Kinderspielen normalerweise assoziierten Freude wird schnell Angst, aus Spaß (tödlicher) Ernst.

Die im Rahmen von Spielen üblicherweise vorausgesetzte Freiwilligkeit zum Mitspielen wird zum verpflichtenden Zwang, daran teilnehmen zu müssen – denn es gibt kein Zurück. Die Spielregeln, denen sich die Teilnehmenden qua Unterschrift unterwerfen, lassen den Ausstieg aus einem Spiel nur zu, wenn die Mehrheit der Mitspielerinnen und Mitspieler sich durch ein Abstimmungsverfahren darauf einigen.

Aus freundschaftlichen Beziehungen (Gi-hun trifft seinen Kindheitsfreund Cho Sang-woo) und Sympathien (Gi-hun freundet sich mit einem alten todkranken Mann namens Oh Il-nam an) werden im Handumdrehen Allianzen oder Feindschaften. Sämtliche Bündnisse sind zweckorientiert; die Schicksalsgemeinschaft der Spielenden folgt notwendigerweise dem egoistischen Grundsatz, dass es letztendlich nur eine Person geben kann, die das Spiel überlebt und damit den Jackpot gewinnt. Dass die »Disqualifikation« oder das Ausscheiden einzelner Spielerinnen und Spielern (d. h. deren Tod) den in Aussicht gestellten Geldtopf zusätzlich anreichert, schürt die als Konkurrenzkampf inszenierte Selektion außerdem.

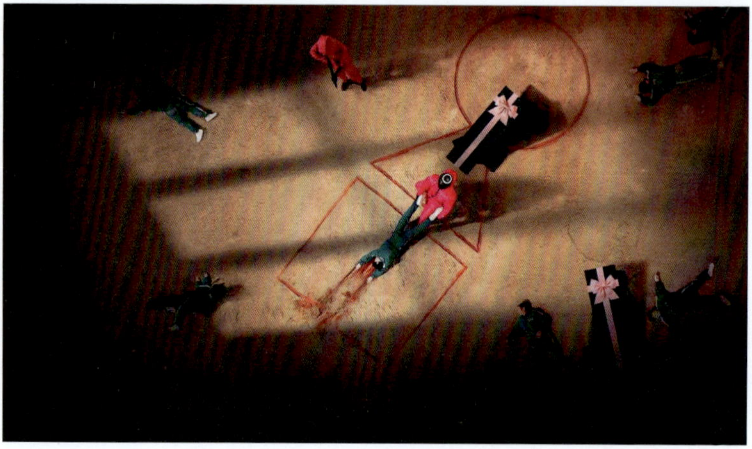

IMAGO / ZUMA Press Wire / 0137573455

Luftaufnahme einer Spielszene: Die Wachen entfernen die »disqualifizierten« Spielenden vom Feld.

Extrem und exzessiv

Die erzählerische Härte und Kompromisslosigkeit von *Squid Game* findet ihre Entsprechung auf der visuellen Ebene. In Nahaufnahmen zeigt die Serie immer wieder Einschusslöcher, Wunden und Verletzungen von Köpfen und Körpern und spart nicht an Kunstblut. Die Darstellung von Gewalt ist sicherlich extrem und exzessiv, aber im asiatischen Genrekino nicht unüblich. Kalligrafieartige Blutfontänen gibt es bereits in Samurai-Filmen wie *Lady Snowblood* aus dem Jahr 1973. Als Zitat und Persiflage hat diese Splatter-Ästhetik in den letzten beiden Jahrzehnten auch Einzug ins Hollywoodkino erhalten (z. B. in Quentin Tarantinos *Kill Bill*-Filmen), so dass sie mittlerweile als Teil des stilistischen Arsenals einer globalen Popkultur verstanden werden kann.

Insgesamt knüpft *Squid Game* mit seiner Erzählhaltung an die Erfolge diverser südkoreanischer Produktionen an, die seit Beginn der 2000er-Jahre auf Filmfestivals international für Aufsehen gesorgt haben. Filme wie *Seom – Die Insel,*

Sympathy for Mr. Vengeance, *Oldboy* sowie *Parasite* haben mit westlichen Sehgewohnheiten gebrochen und zum Teil durch Tabubrüche und mitunter verstörenden Gewaltszenen schockiert. Bemerkenswert ist dabei die Vielzahl an Genrestoffen, wenngleich sich die typische Tonalität von Pathos, Exzess und Style auch in Arthouse-Filmen findet. Wie weit diese Filme zu gehen wagten, zeigt sich beispielsweise in einer Szene aus *Oldboy* (2003, Regie: Park Chan-wook), in der der Protagonist nach jahrelanger, offenbar grundloser Haft in einem Restaurant einen lebenden Oktopus hinunterschlingt, um das Leben wieder zu spüren. Ein Tentakel des Tiers schlägt ihm noch ins Gesicht, während er mit dem Kopf auf der Bar liegt. Nicht nur aufgrund der Tierquälerei – der Oktopus war echt – erzeugt diese Szene beim Publikum ein Gefühl tiefsten Unbehagens.

Genau diese Mischung aus Unterhaltung, Ästhetik und Brutalität war es, die *Squid Game* zum Debüt nicht nur einen enormen internationalen Hype, sondern auch ein Kreuzfeuer an Kritik – und damit eine noch größere Faszination – bescherte.

IMAGO / Ronald Grant / 0105270845

Choi Min-sik als Protagonist Oh Dae-su in *Oldboy*, 2003.

Der gängige Reflex auf die Wirkung der Serie aus der Perspektive des Jugendschutzes lautet: Die darin zur Schau gestellte Brutalität in Form von Gewaltorgien führe zur Verrohung und Nachahmung und sei verherrlichend. Dabei wurde zuvorderst kritisiert, wie *Squid Game* das Mittel der drastischen Gewalt anerkennt, indem die Geschichte etwa die »Eliminierung« von Menschen als »gerechte« – im Sinne von regelkonforme und damit ordnungsgemäße – Sanktionierungsmaßnahme darstellt.

Problematisch war dabei insbesondere, dass die während ihrer ersten Staffel breit diskutierte Serie eine große Anziehungskraft auf Kinder und Jugendliche ausübte, die *Squid Game* in Ausschnitten oder vollständig zu sehen bekamen (vgl. z.B. Spiegel 2021). Dies kann jedoch weniger dem Streamingdienst Netflix, der die Serie ab 16 Jahren empfohlen hat, angelastet werden. Oft haben die erziehungsberechtigten Erwachsenen die Jugendschutzeinstellungen von Netflix nicht genutzt oder sich nicht damit beschäftigt, was ihre Kinder sich ansehen. Als Szenarien aus *Squid Game* auf dem Schulhof nachgestellt wurden, war die Aufmerksamkeit der Boulevardmedien und die öffentliche Empörung garantiert.

Die Kritik blieb dabei thematisch wie ästhetisch weitestgehend auf eine Kritik der Oberfläche beschränkt; darüber hinaus ging sie sehr vereinfacht und undifferenziert von einer Reiz-Reaktions-Wirkung aus, nach der mediale Gewalt zu realer Gewalt führt.

Die Ästhetik der Serie

Eindrucksvoll an *Squid Game* sind die Ästhetik und der visuelle Erzählstil der Serie. Das mag einerseits mit den Eigenheiten des koreanischen Kinos zu tun haben, andererseits mit den Regeln des Serien-Streaming-Markts.

Bezeichnend für dieses »exotische« Kolorit ist – neben dem bereits beschriebenen Umgang mit Gewalt – auch das sogenannte Overacting. Diese Art Überzeichnungen von schauspielerischen Ausdrucksweisen in Bezug auf Gestik und Mimik sind ein traditionelles Element des asiatischen Kinos; für »westliche« Sehgewohnheiten werden sie dagegen eher mit Theater als mit Film assoziiert oder als Karikatur wahrgenommen.

Dadurch können Dialogszenen, etwa die Streitgespräche in Folge 1 der ersten Staffel zwischen Gi-hun und seiner Mutter, in deren Einzimmerappartement er nach der Trennung von Frau und Tochter zurückgekehrt ist, theatralisch bis klamaukig erscheinen. Interessanterweise wirkt dieser Effekt in der »echten« Außenwelt weit irritierender als in der künstlichen Spielewelt. Hier, im Kontext des Spielens um Leben und Tod, muten mimische Entgleisungen mehr wie panische Reaktionen auf die existentielle Extremsituation an.

Auf der visuellen Oberfläche gibt es einen starken Kontrast zwischen der Realität des städtischen Lebens in und um die südkoreanische Hauptstadt Seoul und der Spielewelt. Häufig wird die Außenwelt bei Nacht gezeigt, was den generell düsteren und schmutzigen Eindruck des Stadtbilds noch verstärkt. Im Gegensatz dazu wirkt die Spielewelt der »Squid Games« synthetisch sauber, ja steril. Hier dominieren peppige, knallige Farben wie Pink, Türkis, Hellblau und Gelb, die Kindheit und Kinderspielzeug im modernen Plastikzeitalter verkörpern. Es sind Gefühle wie Unschuld und Reinheit, die

IMAGO / ZUMA Press Wire / 0137573441

Ein Spielplatz-Szenario in *Squid Game*.

mit dieser »Playmobil-Optik« (Weidenkaff 2021) verbunden sind.

Die einzelnen Spielszenarien finden in Arenen statt, die Spielplätzen nachempfunden sind. Auch die Farbkombination Pink und Grün erinnert in Südkorea an Kinderzeit (u.a. als Schriftfarben in Schulbüchern). Allerdings setzt ein Effekt der Verfremdung ein, da die Spielgeräte überdimensioniert und zu groß proportioniert sind. Dies drückt ein Machtverhältnis aus: Die erwachsenen Spielenden sind in Bezug auf die sie umgebende Spielanlage zu klein – eine Demonstration der Entmachtung auf symbolischer Ebene, die die Spielenden in dieser Spielkonstellation tatsächlich erfahren.

Viele Zentralperspektiven präsentieren eine auf Symmetrie und geometrischen Anordnungen beruhende strenge Formsprache. Die Optik der Serie repräsentiert Ordnung, aber auch Chaos, wenn die vorherrschenden klaren Formen durchbrochen werden. Durch die Arrangements und Farbgebung prägen die Bildkompositionen eine Atmosphäre, die zunächst surreal und unwirklich erscheint, um sich im nächsten Moment in eine grausame Realität zu verkehren.

Vor dem Hintergrund dieser eigentümlichen Ästhetik erscheint es zunächst erstaunlich, dass *Squid Game* den globalen Serien-Streaming-Markt erobert hat und so zum bis heute erfolgreichsten Netflix-Produkt wurde (vgl. RND 2025). Doch damit entspricht die Serie durchaus der Logik des Serienmarkts des 21. Jahrhunderts. Distinktionsmerkmale (asiatische Produktion) und Tabubrüche (exzessive Gewalt) hebt die Serie in der zunehmend unüberschaubaren Angebotsvielfalt ab, mit dem Ziel, eine wettbewerbsfähige Marke zu schaffen (vgl. Jahn-Sudmann und Kelleter 2012).

Dazu hält *Squid Game* Anspielungen auf die Kunst- und Architekturgeschichte bereit (z. B. die berühmten Gemälde *Der Schrei* von Edvard Munch sowie *Relativity* von M. C. Escher und den von Ricardo Bofill entworfenen Gebäudekomplex La Muralla Roja als Inspiration für das Treppenhaus in

IMAGO / ZUMA Press Wire / 0137573708

Das ikonische labyrinthartige Treppenhaus in der Serie, auf der Tonspur begleitet vom Johann Strauss' »An der schönen blauen Donau«.

Squid Game). Ein rhythmischer Soundtrack mit wenigen Melodielinien trifft zudem den Geschmack eines zeitgenössischen internationalen Serienpublikums. Eine markante Ausnahme ist das Walzer-Thema »An der schönen blauen Donau« von Johann Strauss. Effektvoll wird es regelmäßig vor und nach den Spielsequenzen eingeblendet und bildet dadurch einen ironischen Kontrast zu den brutalen Szenarien – mit Verweis auf Stanley Kubricks verstörende Verwendung von klassischer Musik in *A Clockwork Orange* (1971).

Gesellschaftspolitische Lesarten der Serie

Die skandalisierende Berichterstattung über die erste Staffel von *Squid Game* hat allein formale Einzelaspekte der Serie kritisiert und dadurch eine Auseinandersetzung mit den gesellschaftskritischen und gesellschaftspolitischen Aspekten weitestgehend verstellt.

Mit seiner kritischen Perspektive auf die Rolle von Spielen als Spektakel, bei denen Menschen in entwürdigenden und demütigenden Spielsituationen zum Zweck des Amüsements eines Publikums vorgeführt werden, reflektiert *Squid Game* nicht nur die Mechanismen von Gameshows wie der von Jump'n'Run-Videospielen à la *Super Mario* inspirierten japanischen Sendung *Takeshi's Castle*, die in den 1990er-Jahren internationale Popularität erlangte.

Die Serie stellt sich außerdem in die Tradition von dystopischen Science-Fiction-Erzählungen, die das historische Motiv »Brot und Spiele« in die moderne Mediengesellschaft übertragen. *Running Man* (als Roman von Richard Bachman alias Stephen King 1982 veröffentlicht, verfilmt 1987 mit Arnold Schwarzenegger) oder die *Hunger-Games*-Filmreihe aus den 2010er-Jahren schildern, wie ein fiktives Massenpublikum dem Überlebenskampf von »Spielenden« in TV-Shows vor den Bildschirmen beiwohnt. Dem realen Publikum kann diese Konstellation den eigenen Voyeurismus vor Augen führen – ein Spiegel der Gesellschaft, der auch bei *Squid Game* thematisiert wird.

Der Filmkritiker Wolfgang M. Schmitt sieht diesen Aspekt kritisch. Er beanstandet den Gewohnheitseffekt, der sich beim Publikum von *Squid Game* einstellt. Massenhafte Morde am

Bildschirm werden nicht mehr als solche wahrgenommen und die Zuschauerinnen und Zuschauer stumpfen ab (vgl. Schmitt 2021). Diese Gleichgültigkeit entspricht dem Fatalismus unserer Zeit, so Schmitt, womit eine Leseart von *Squid Game* als Gesellschaftsallegorie in letzter Konsequenz wieder greift.

Zentral für die Serie ist auch die Darstellung von Macht und Herrschaftsverhältnissen. Die Teilnehmenden sind den gesichtslosen Veranstaltern der Spiele ausgeliefert und werden ihrer Persönlichkeit und Individualität beraubt. Statt Namen tragen sie nur Nummern und in ihren grünen Trainingsanzügen werden sie zu einer uniformen, kasernierten Masse, aus der niemand mehr heraussticht. Zudem blickt die Kamera nicht selten von oben auf sie herab und lässt sie so noch kleiner wirken.

Ihnen gegenüber stehen die angestellten Soldaten, die die Einhaltung der Regeln überwachen. Sie werden wie die Spielenden durch ihre pinken Ganzkörperanzügen »zur Masse«. Lediglich unterschiedliche geometrische Formen auf den Gesichtsmasken verweisen auf Hierarchie. Auch sie werden durch schwarze Masken entmenschlicht, wodurch die systemische Macht hier an die Stelle der Macht von Individuen tritt. Hinzu kommt, dass sie Waffen tragen und dadurch die Möglichkeit haben, durch Gewalt(androhung) die »Ordnung« des Spiels durchzusetzen. Dass auch die Mitarbeiter des Spiels letztlich nur austauschbares Material sind und ihr Leben keinen Wert besitzt, treibt das zynische Menschenbild der Serie auf die Spitze. Einzig der Spielleiter, der Front Man, der sein Gesicht hinter einer goldenen Maske verbirgt, hält die Fäden in der Hand und bleibt in gewisser Hinsicht einzigartig. In dieser streng hierarchischen Figurenkonstellation lassen sich Verweise auf die jüngere Geschichte Südkoreas erkennen, das bis 1987 eine Militärdiktatur war.

Während die Figuren äußerlich gleichgemacht werden, kristallisieren sich im Laufe der Serie einige Protagonistinnen und Protagonisten heraus und erhalten durch ihre Hintergrundgeschichten Persönlichkeit. Im Mittelpunkt steht Seong

IMAGO / Bestimage / 0829664499

Wachen und Spielende im Schlafsaal der Teilnehmenden.

Gi-hun, der um das Sorgerecht für seine Tochter kämpft, sich um seine diabeteskranke Mutter kümmern muss und viele Spielschulden hat. Hinzu kommen ein – ebenfalls verschuldeter – Kindheitsfreund von Gi-hun; eine geflüchtete Taschendiebin aus Nordkorea, die Geld braucht, um ihre Familie zu unterstützen; ein Arbeitsmigrant aus Pakistan, der von seinem Arbeitgeber betrogen wurde und Geld für seine Familie braucht; und schließlich ein skrupelloser Gangster mit Spielschulden sowie eine Betrügerin. Was sie alle verbindet, ist ihr Status als Verlierer oder Ausgestoßene. Sie haben sich weitgehend nicht freiwillig auf das Spiel eingelassen, sondern sehen darin den einzigen Ausweg, ihre Geldsorgen damit aufzulösen. Auch wenn manche von ihnen altruistische Absichten verfolgen und mit dem erhofften Geldgewinn anderen helfen wollen, handelt es sich grundsätzlich doch um tragische Antiheldinnen und Antihelden. Sie sind nicht erfolgreich, sondern gescheitert, nicht perfekt, sondern fehlbar – und laden gerade deshalb zur Identifikation ein.

IMAGO / ZUMA Press Wire / 0137573537

Hwang In-ho, als der Frontmann bekannt, ist der Spielleiter in *Squid Game*.

Schon die Motive der Figuren verweisen auf die Bedeutung von Geld in der Serienwelt, die sich wiederum als Zuspitzung realer Wirtschaftsverhältnisse (nicht nur) in Südkorea lesen lässt. Auf bittere Art zeichnet *Squid Game* das Bild eines sozialen Mikrokosmos, in dem das Leben ein einziger Wettkampf ist und nur das Gewinnen zählt – wobei nicht nur wortwörtlich über Leichen gegangen wird, sondern auch gesellschaftliche Grundwerte ausgehebelt werden.

Exemplarisch zeigt sich das Zusammenspiel von Geld, Gier, Moral und Demokratie anhand einer Szene aus Episode 2 der ersten Staffel, als die Beendigung der Spiele zur Debatte steht. Den Spielenden wird vorgegaukelt, sie könnten mit einer demokratischen Mehrheitsentscheidung für einen Abbruch der Spiele stimmen. Und doch schwebt – ganz bildlich – über den Spielenden immer das riesengroße gläserne Sparschwein, in das regelmäßig neues Geld gefüllt wird. Allein das Versprechen auf Reichtum und die Möglichkeit, reich zu werden, erweisen sich als Anreiz, um demokratisches Bestreben im Nu zunichte zu machen – und gleich noch eine ganze Menge anderer Werte dazu. Moral, Selbstachtung, Würde, Menschlichkeit, Solidarität, Zusammenhalt verlieren an Bedeutung angesichts der Strahlkraft des Geldes, das so viele Freiheiten und so viel Glück verspricht und doch nur eine Leerstelle bleibt.

Der Partizipation am Spiel unter gleichen Bedingungen sowie der Möglichkeit, dieses durch ein Mehrheitsvotum nach namentlicher Abstimmung abbrechen zu können, liegt zunächst ein demokratisches Grundprinzip zugrunde. Doch der existenzielle Kampf jede/r gegen jede/n, der sich im Laufe des Spielfortschritts entwickelt, zeigt, dass Demokratie nicht notwendigerweise mit Menschenwürde einhergeht und individuelle Interessen nicht notwendigerweise identisch sind mit den Entscheidungen des Kollektivs.

Der überraschendste Moment der Serie ist jedoch jener, als die Mehrheit der Spielenden sich tatsächlich gegen die Fortsetzung der Spiele entscheidet. Doch der Sieg über die kapitalistische Versuchung ist nur ein Scheinerfolg. Denn schon in der folgenden Episode begleitet die Serie die Protagonistinnen und Protagonisten wieder in ihrem tristen Alltag. »Die Hölle« lautet der Titel von Episode 2 der ersten Staffel, und die Hölle ist für die Figuren nicht das folgenschwere Spiel, sondern der reale Alltag.

Tatsächlich erscheinen die Regeln des Spiels erträglicher als der Alltag, so dass alle schließlich erneut freiwillig in die Arena zurückkehren. Diese Wendung ist an Zynismus kaum zu überbieten. So erzählt die Serie: Der Macht des Geldes ist nicht zu entkommen, es gibt keine Alternative zum kapitalistischen System. Wer *dieses* Spiel nicht mitspielt, hat schon verloren. Zugleich werden die Rahmenbedingungen nicht verschleiert: Es wird nur eine Gewinnerin oder einen Gewinner geben und ganz viele Verliererinnen und Verlierer. Für die meisten bleibt der Kapitalismus ein leeres Versprechen. Außen vor bleiben in dieser Anordnung die privilegierten superreichen Gäste des Spiels, die sich an dem perversen Treiben ergötzen und dafür bezahlen.

Perfide ist auch, wie das Spielsystem durch positiv besetzte Begrifflichkeiten gestützt wird: »Jeder ist beim Spiel gleich«, sagt der Front Man einmal. »Die Spieler haben dieselben Bedingungen für ein faires Spiel. In der Welt erlitten sie Ungleichheit und Diskriminierung. Wir geben ihnen die letzte Chance, fair zu kämpfen und zu gewinnen.« Doch die Begriffe sind hier nichts mehr wert: Gleichheit wird einerseits durch Gleichschaltung ersetzt und bedeutet andererseits, dass hier alle in gleichem Maße ihrer Menschenwürde beraubt werden, Fairness ist ein Euphemismus für die systematische Entrechtung. Denn schnell wird klar: Es geht hier ums nackte Überleben, und damit um gesellschaftliche Abgründe, die sich in existenziellen Ausnahmesituationen meist in Form von individueller instinktiver Vorteilnahme, von Zweckbündnissen und Freund-Feind-Denken statt Fairness, Wertschätzung und Solidarität auftun.

Dem Publikum wird zudem vor Augen geführt, dass – wie in vielen politischen Systemen, die Gleichheit versprechen – auch in *Squid Game* manche »gleicher« sind als andere. Unter dem Radar der regelgebenden und manipulativen Instanz der Spielleitung, verpflichten einige der Wachen inoffiziell den teilnehmenden Spieler und Arzt Byeong-gi, um einigen der »Disqualifizierten« hinter den Kulissen Organe entnehmen zu lassen und verkaufen diese an Organhändler. Dadurch erlangt dieser spezielle Spieler das Privileg, den Ablauf des jeweils nächsten Spiels im Vorfeld zu kennen – ein klarer Wettbewerbsvorteil und Verstoß gegen das Gleichheitsprinzip.

Was im Rahmen des Spiels als Freiheit, Gerechtigkeit, Gleichheit und Demokratie verkauft wird, ist in Wahrheit pure Illusion. Dass diese Versprechen trotzdem auf fruchtbaren Boden fallen, verwundert hingegen nicht. Universelle Bedürfnisse, Utopie und Dystopie, liegen hier ganz nah beieinander.

Ein Hauch von Ethik, Moral und Menschlichkeit?

Die in einer Quasi-Arena stattfindenden Spiele sind sowohl optisch als auch räumlich vom Alltag der Hauptfiguren getrennt. Die isolierte Lage bewirkt eine Verdichtung der Konflikte und erzählt über eine hermetisch abgeriegelte, gefängnisähnliche Welt (die Spielenden sind de facto in einem Lager gefangen); die Gesellschaftsstruktur innerhalb dieser Sphäre begünstigt Misstrauen, Egoismus, Verrat, Lügen und Geheimnisse. So wird *Squid Game* ganz wortwörtlich zu einer dystopischen Inselgeschichte, im Stil von Klassikern wie William Goldings *Herr der Fliegen* (1954), indem Grundfragen über die Natur des Menschen und Prinzipien des menschlichen Zusammenlebens aufgeworfen werden.

IMAGO / Everett Collection / 0806894598

Die Etagenbetten in den Schlafsälen der ständig überwachten Teilnehmenden.

Die »Regeln« auf dieser Insel bieten zunächst fruchtbaren Boden für einen Sozialdarwinismus. Es gilt das Recht des Stärkeren und des Rücksichtlosesten, was vor allem durch den skrupellosen Gangster Jang Deok-su, die einzig komplett negativ gezeichnete Figur der ersten Staffel, immer wieder vorgeführt wird.

Wäre *Squid Game* nur mit Figuren wie Jang Deok-su besetzt, könnte man sie als trostlos und amoralisch beschreiben. Aber das Gegenteil ist der Fall. Deok-su dient dramaturgisch nur als Blick in menschliche Abgründe. Er ist eine Figur, die sich hemmungslos egoistisch verhält und dabei über Leichen geht. Mit ihr hat weder die Serie noch das Publikum Mitleid. Anders verhält es sich mit den vielen sympathischen Protagonistinnen und Protagonisten, die – wie so oft im asiatischen Kino – tragisch, vielschichtig und widersprüchlich gezeichnet werden.

Während Jang Deok-su beim ersten Spiel »Rotes Licht, grünes Licht« ins Ziel kommt, weil er den Tod anderer in Kauf nimmt, überlebt Seong Gi-hun, weil ein anderer Spieler – der pakistanische Arbeitsmigrant Ali Abdul – ihn selbstlos in einer kritischen Situation stützt und dabei sein eigenes Leben riskiert. Immer wieder erzählt die Serie von Funken der Menschlichkeit an einem unmenschlichen Ort – und stellt durch den Spielaufbau doch zugleich auch immer die Frage: Wie lange können die Spielenden miteinander solidarisch sein, wenn jedes neue Spiel sie zu Gegnerinnen und Gegnern machen kann (und irgendwann ganz sicher machen wird)?

Wie kalkuliert die Spielleitung die Solidarität auf die Probe stellt, zeigt sich in Episode 6 der ersten Staffel. Miteinander sympathisierende Figuren bilden zunächst Zweierteams – nur um dann festzustellen, dass sie gar nicht miteinander, sondern gegeneinander spielen und dementsprechend nur eine oder einer am Leben bleiben wird. In keiner anderen Folge der ersten Staffel wird die Konfrontation so auf die Spitze getrieben wie hier.

Die Episode nimmt sich aber auch Zeit, in Zwiegesprächen in die Hintergrundgeschichten der Figuren einzutauchen. Als

Ji-yeong erkennt, dass ihre Teamkollegin Sae-byeok viel mehr zu verlieren hat als sie selbst und von Sae-byeoks Schicksal auch das ihrer Mutter und ihres Bruders abhängt, opfert sie sich freiwillig. Gi-hun wiederum versagt moralisch. Er nutzt die Demenz des alten Il-nam aus, um zu gewinnen – und wird zugleich mit seiner eigenen Fehlbarkeit konfrontiert, als Il-nam ihm zu verstehen gibt, dass er seinen Betrug längst erkannt und bewusst mitgespielt hat.

In der finalen dritten Staffel wird diese Dynamik nochmal auf die Spitze getrieben, als ein Fangspiel die Spielenden in zwei Gruppen teilt. Die Aufgabe des Spiels besteht für die Gejagten darin, mittels verschiedener Schlüssel versteckte Ausgänge zu finden, was ihnen den Sieg des Spiels (d. h. ihr Überleben) sichert. Die Fangenden hingegen bekommen ein Messer ausgehändigt, mit der Vorgabe, dass sie die Runde nur überstehen, wenn sie eine flüchtige Person eliminieren. Sie werden so gezwungenermaßen zu Mörderinnen und Mördern, oder sie verlieren das Spiel und werden selbst getötet.

IMAGO / ITAR-TASS / 0145302123

Die superreichen »VIPs« finanzieren die Squid Games. In ihren goldenen Masken wohnen sie an Bildschirmen den menschenverachtenden Spielen bei und lassen sich von dem grausamen Spektakel unterhalten.

IMAGO / Everett Collection / 0806894599

Die Abstimmungsszenen in *Squid Game* sind mit langen Kamera-Einstellungen und low-key-Ausleuchtung dramaturgisch aufgeladen in Anlehnung an »echte« TV-Gameshows.

Uneindeutigkeit aushalten

Die Serie *Squid Game* fasziniert, weil sie eine Welt entwirft, in der sämtliche gesellschaftlichen und humanistischen Errungenschaften über Bord geworfen werden. Statt Demokratie und Freiheit herrschen Unterdrückung und Zwang, Solidarität und Miteinander werden durch Egoismus und Gegeneinander ersetzt und statt friedlicher Koexistenz bestimmt physische, psychische und strukturelle Gewalt das Zusammenleben. Nur der Sinn für Ordnung bleibt – jedoch nicht zur Stärkung der Gemeinschaft, sondern als Mittel ihrer Unterdrückung. Dass diese Welt als »Spiel« getarnt wird und alle Teilnehmenden sich freiwillig darauf einlassen, ist dabei wohl der größte Coup der Serie.

Insgesamt ist *Squid Game* eine Geschichte über das Verführbarsein und gleichzeitig ein ständiges Spiel mit Grenzüberschreitungen, das auf der Lust an der Verunsicherung aufbaut. Geschickt unterläuft die Serie die Erwartungen des Publikums und erzeugt Spannung, weil eine Zuspitzung der Situation für die Protagonistinnen und Protagonisten unausweichlich ist.

Immer wieder wird das Publikum dadurch auf die Probe gestellt und zur Auseinandersetzung mit den Figuren gezwungen: Wie würdest du dich in dieser Situation entscheiden? Welche Wahl hättest du überhaupt? Besonders spannend ist dabei, dass es oft im Grunde keine klaren richtigen Lösungen gibt. Damit unterscheidet sich *Squid Game* deutlich von konventionellen Unterhaltungsfilmen und -serien mit deren oft einfachen und vorhersehbaren Gut-Böse-Zeichnungen und erzeugt eine radikale Uneindeutigkeit, die vom Publikum erst einmal ausgehalten werden muss. In der Manier einer stylischen Unterhaltungsserie regt *Squid*

IMAGO / ZUMA Press Wire / 0823129469

Netflix-Inszenierung des Seilspringspiels in Thailand, 2025.

Game dazu an, sich zu positionieren, abzuwägen und kritisch zu reflektieren.

So pessimistisch die Anlage der Serie auch ist, so wertvoll können die Fragen sein, die sie stellt: Welche gesellschaftlichen Regeln werden hier eigentlich ausgehebelt und welche Folgen hat das? Welche widersprüchlichen Gefühle löst die Serie in mir aus? Und was verraten diese über mein Menschen- und Gesellschaftsbild?

Grundprinzip: Unbehagen

Squid Game hat einen starken Suchtcharakter. Durch geschickt platzierte Cliffhanger und ein extrem hohes Spannungsniveau ist die Serie ein Beispiel für das Bingewatching geworden – also dem Drang, eine Serie in möglichst kurzer Zeit durchzusehen. Neben dem Thrill-Faktor haben sicherlich auch die durchgestylte Oberfläche und die besondere Ästhetik ihren Teil zum Erfolg von *Squid Game* beigetragen. Doch der Reiz der Serie besteht über diese formalen Kriterien hinaus auch in ihrer Unberechenbarkeit. Immer wieder überspannt sie den Bogen und überschreitet Grenzen. Besonders Kontrastierungen steigern die emotionale Wirkung der Serie: Spiel vs. Lebensgefahr / Tod, Freiheit / Gefangenschaft, Unschuld vs. Gewalt, Hoffnung vs. Hoffnungslosigkeit, Moral vs. Skrupellosigkeit, Form vs. Chaos, Solidarität vs. Verrat, Gemeinschaft vs. extremer Individualismus, Kollektivismus vs. Kapitalismus, Gerechtigkeit vs. Willkür, Glück vs. Pech.

Über diesen Dualismen spannen sich die langatmigen, dialoglastigen Szenen des realen Alltags im kapitalistischen Großstadtdschungel als grauer, trister und unerträglicher Lebensraum auf der einen Seite, und die durch Dynamik und schnelle Schnitte geprägten Darstellungen von tödlicher Gewalt in der quietschbunten Spielwelt der Squid Games auf der anderen. Die von der Serie so geförderte Ambivalenz weckt widersprüchliche Gefühle und bewirkt grundsätzlich ein stetiges Unbehagen.

Dennoch stellt sich die Frage, ob die gesellschaftskritische Sichtweise tatsächlich beabsichtigt war oder ob sie eher eine Frage der Rezeption und Lesart ist.

Der Regisseur Hwang Dong-hyuk positioniert sich dazu klar: »Mit dieser Geschichte wollte ich eine Allegorie beziehungsweise Fabel über die moderne kapitalistische Gesellschaft schreiben. Etwas, das einen extremen Wettbewerb widerspiegelt, wie den extremen Wettbewerb des Lebens.« (zitiert in Netflix 2021). Aus dieser Sicht ist der Exzess also nur ein Mittel, um die Geschichte zu erzählen, aber nicht ihr Selbstzweck.

Der Streamingdienst Netflix wiederum scheint sich für eine andere Lesart entschieden zu haben. Flankierend zur erfolgreichen Serie ließen sich noch Monate nach der Erstveröffentlichung im Online-Shop Pullis, Caps, Shirts und Hosen mit Squid-Game-Motiven erwerben. In Deutschland wurde die dritte Staffel der Serie von Kentucky Fried Chicken gesponsert, inklusive eines von der Serie inspirierten Menüs mit koreanischer Geschmacksrichtung, das vorübergehend in den Fast-Food-Restaurants erhältlich war. In Thailand wurde die dritte Staffel mit einer Rekonstruktion des Seilspringspiels gestartet, bei dem Passantinnen und Passanten vor dem Wat Suthat Thepwararam Tempel und der Giant Swing in Bangkok mitmachen konnten.

Mit der Spielshow *Squid Game – The Challenge* gar wurde das Konzept der Serie 2023 in ein Reality-Format umgewandelt. Über mehrere Episoden hinweg begleitet die dokumentarische Show Menschen in den USA, die sich für ein Squid Game angemeldet haben. In akribisch nachgestellten Sets spielen sie die Spiele der Serie nach – selbstverständlich ohne letzte Konsequenz.

Auf bemerkenswerte Art und Weise macht diese Vermarktung deutlich, warum *Squid Game* gelungen ist und die Serie so gut funktioniert: Weil sie so radikal ist. Weil sie radikale Fragen stellt und diese ebenso radikal beantwortet. Mit *Squid Game – The Challenge* wird das Konzept einer Serie, die Werte in einer kapitalistischen Gesellschaft sarkastisch anprangert, kapitalistisch ausgeschlachtet und all ihrer Wirkmacht und Schärfe beraubt. Zurück bleibt nur belanglose Unterhaltung, die ein bisschen menschelt, aber in keinster Weise wehtut. Hier gilt nun tatsächlich: Das ist nur ein Spiel.

Literatur

Jahn-Sudmann, Andreas / Kelleter, Frank (2012): Die Dynamik serieller Überbietung. Amerikanische Fernsehserien und das Konzept des Quality-TV, in: Frank Kelleter (Hrsg.), Populäre Serialität: Narration – Evolution – Distinktion. Zum seriellen Erzählen seit dem 19. Jahrhundert, Bielefeld: transcript, S. 205–224.

Netflix (2021): Die Entstehung einer weltweiten Sensation: Squid Game, 30. September 2021, *https://about.netflix.com/de/news/the-making-of-a-global-sensation-the-journey-to-creating-squid-game*.

RND (2025): »Squid Game 2«: Schon über 125 Millionen Abrufe in elf Tagen, *https://www.rnd.de/medien/squid-game-2-ist-ein-quotenhit-bei-netlix-125-millionen-abrufe-ZB7VKMQF65M6ZPJEEF6VAEXL64.html*.

Schmitt, Wolfgang M. (2021): Was SQUID GAME mit dem Kapitalismus zu tun hat, Die Filmanalyse, gepostet auf YouTube am 17.10.2021, *https://www.youtube.com/watch?v=u8-K-X24YiA*.

Spiegel Panorama (2021): Expertinnen warnen vor traumatischen Erfahrungen durch »Squid Game«, Spiegel Online, 3. November 2021, *https://www.spiegel.de/panorama/bildung/netflix-serie-squid-game-eltern-sollten-altersfreigabe-beachten-a-244d135c-751b-4a10–99db-9f83d512a4a6*.